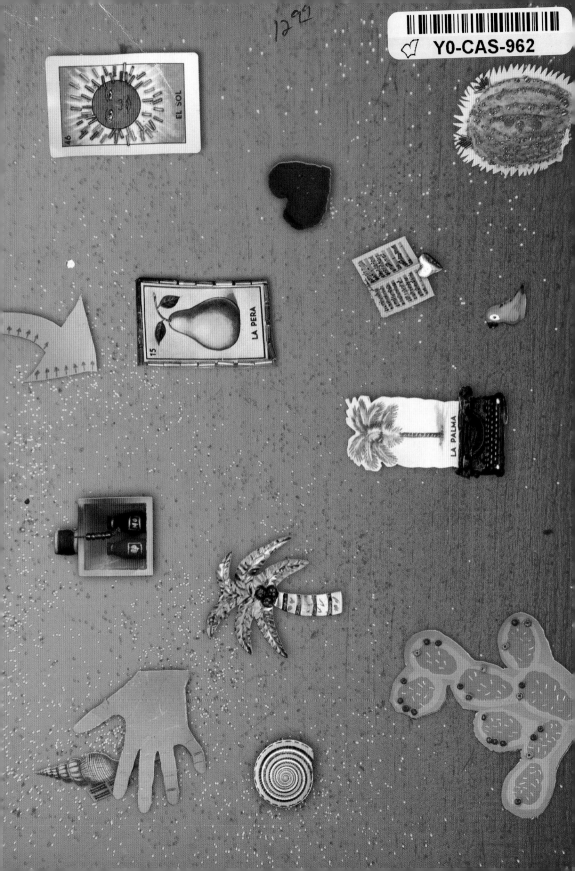

LOS ESPECIALES DE
A la orilla del viento
FONDO DE CULTURA ECONÓMICA
MÉXICO

Kassunguilá

Monique Zepeda

A las sirenas
que acuden en los naufragios,
a Tita, en particular.

Kassunguilà
vivía bajo el amparo
de una gran sombrilla.

El aire era tibio,
todo estaba bien.
Las cosas parecían
encontrarse en su lugar.

Los días pasaban
dulcemente.
Para Kassun,
la vida era una fiesta.

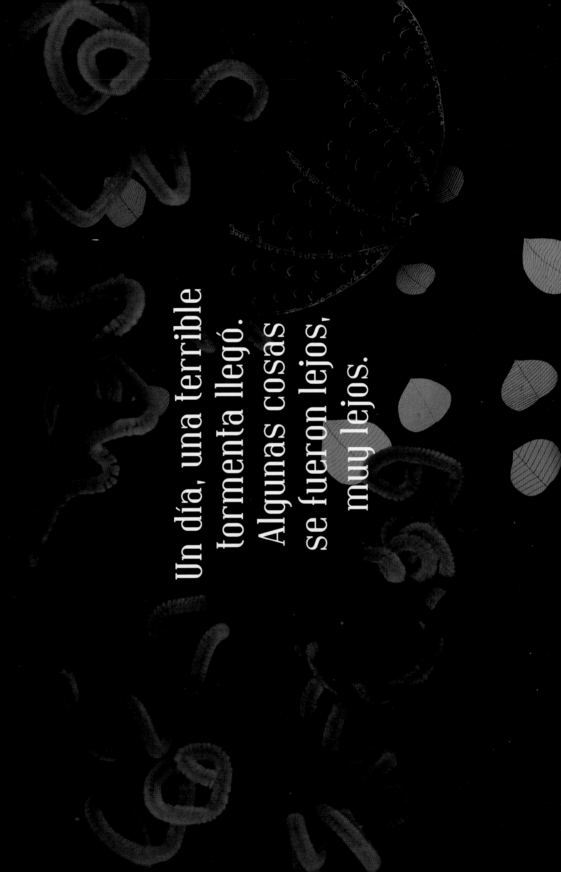

Un día, una terrible tormenta llegó. Algunas cosas se fueron lejos, muy lejos.

Kassunguilà
sintió que el frío
se colaba con todos
sus filos en su interior.

Todo su pensamiento era un lugar con espinas.

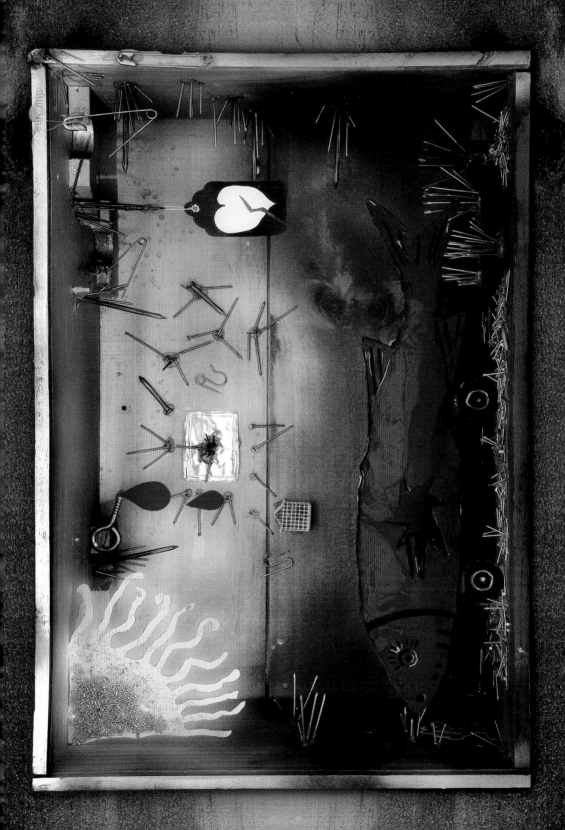

La soledad parecía más grande que el mundo.

Kassunguilà
se sintió enredado
entre tantos anzuelos
escondidos.

Derramó miles
de letras queriendo ordenar
lo que no se entiende.

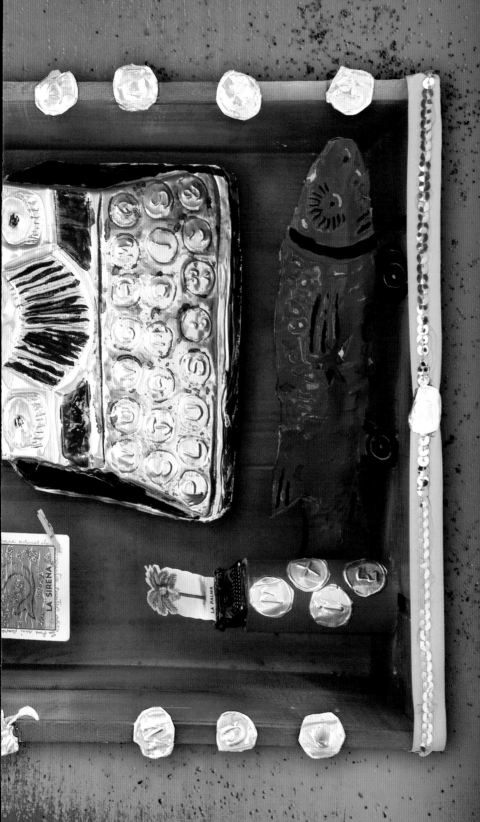

Y llegó al mar
buscando alivio.

Buscó entre las ramas,
pero casi toda la frescura
había escapado.

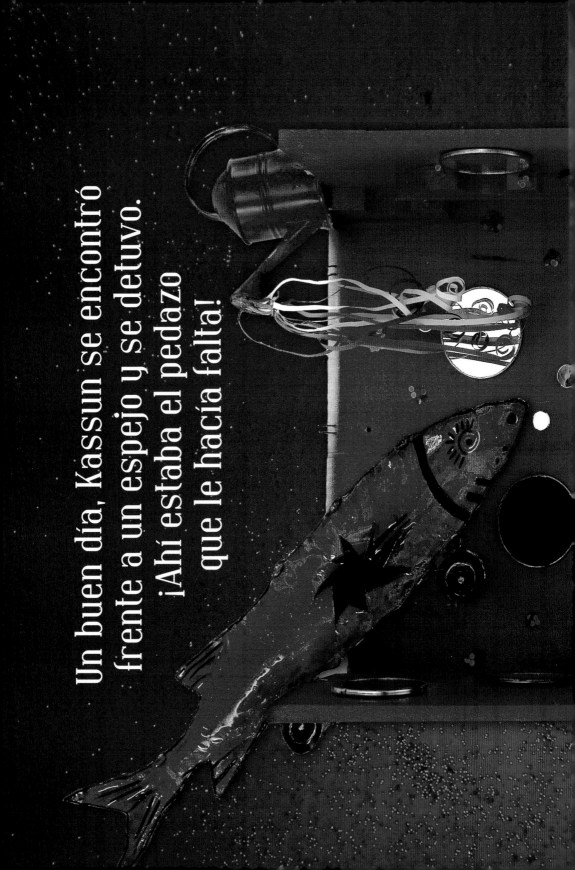

Un buen día, Kassun se encontró
frente a un espejo y se detuvo.
¡Ahí estaba el pedazo
que le hacía falta!

Respirando mejor,
Kassun probó la luz
y la arena brillante.

Y quiso volver
a saborear el agua.
Era dulce, limpia
y cálida otra vez.

El viento
recuperó
su sonido.

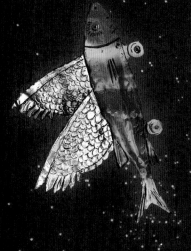

Y Kassunguilà, sin prisa, recordó cómo nadar en el aire.

Primera edición: 2008

Zepeda, Monique
Kassunguilá / Monique Zepeda – México : FCE, 2008
[48] p. ; ilus. : 23 × 16 cm – (Colec. Los Especiales de
A la Orilla del Viento)
ISBN 978-968-16-8620-8

1. Literatura Infantil I. Ser II. t.

LC PZ7   Dewey 808.068 Z355k

Distribución mundial

Comentarios y sugerencias:
librosparaninos@fondodeculturaeconomica.com
www.fondodeculturaeconomica.com
Tel. (55)5449-1871 · Fax (55)5449-1873

Empresa certificada ISO 9001: 2000

Colección dirigida por Miriam Martínez
Edición: Carlos Tejada
Fotografía y diseño editorial: León Muñoz Santini

© 2008, Monique Zepeda

D. R. © 2008, Fondo de Cultura Económica
Carretera Picacho Ajusco 227
Bosques del Pedregal
C. P. 14738, México, D. F.

ISBN 978-968-16-8620-8

Impreso en México • Printed in Mexico

LA PALMA

Kassandra, de Monique Zepeda,
se terminó de imprimir en septiembre de 2008
en Impresora y Encuadernadora Progreso, S. A. de C. V. (IEPSA),
Calzada San Lorenzo 244, Paraje San Juan,
C. P. 09830, México, D. F.

El tiraje fue de 6 000 ejemplares.